日はなにして遊ぶ？

いとかわまゆみ

幻冬舎
MC

もくじ

あらしのあとで

大きな音がビュービューして、ガシャンとか、バリバリとかヒューヒュー、聞いたことのない音がしています。

りょう君《くん》が目を覚《さ》ましました。

「ママこわいね！」

「外で誰《だれ》かが、窓《まど》をドンドンたたいているみたいね」とママも目を覚《さ》ましました。

ごぉーごぉーと、うなり声にも聞こえます。

「おおぜいの鬼《おに》が悪《わる》い子をさがしに、来ているのかな？」とりょう君《くん》。

「台風が来ているからね」とママ。

「台風？？　どこから来ているの？」りょう君《くん》が聞きます。

「どこかな？　風さんたちが、海の上に集合《しゅうごう》して、みんなでとんで来るんだよ」

トイレに行ったりょう君《くん》が「ママ、スイッチ押《お》しても、電気がつかないよ」

「あら、停電《ていでん》しちゃったの？」

「ていでんってなんですか？」

妹の、りんちゃんも、起《お》きてきました。

「電気がお休みしちゃうことよ」

「そうすると、おうちは井戸《いど》だから、お水も出ないし、冷房《れいぼう》

もかからないし、
そうそう、大好《だいす》きなテレビも見られないのよ」とママ。
二人は顔を見合わせ、クスクスと笑《わら》いました。
窓《まど》から、外を見ていると、大きな木々が、真横《まよこ》に倒《たお》れそうに揺《ゆ》れています。
ビュービュー、グォーグォーと、今まで聞いたことのないような、音がしています。
買ってあった、ペットボトルのお水はすぐに使《つか》い終《お》わってしまいました。
朝になると近くに住《す》んでいるばあばのおうちは水道なので停《てい》

電《でん》だけど、水が出ます。空になったペットボトルや、海水浴《かいすいよく》のときに使う大きなポリタンクに水を入れて、何度《なんど》も何度《なんど》も、はこんで来てくれました。

「そうそう、電気がお休みだから、冷蔵庫《れいぞうこ》は、開《あ》けないでね」

そう言うと、ママは、お仕事《しごと》へ行ってしまいました。

いつものように、じいじとばあばが、おうちに来てくれたから。

お留守番《るすばん》だって、心配《しんぱい》はいりません。

台風が過《す》ぎ去《さ》った外は、真夏《まなつ》の太陽《たいよう》が、ギラギラしています。

「暑《あつ》いです」りんちゃんが、扇風機《せんぷうき》のスイッチを、カチャン、カチャン……。

何度《なんど》おしても、羽根《はね》は、ピクリともしません。こわれたのかしら？

「停電《ていでん》って、言ったでしょう」とばあばが言うと。

「あっ！　そうだった」とりんちゃんは、てれくさそうに、自分の頭をポンとたたきました。

「こんな時は、これこれ」と言ってじいじがうちわを持《も》ってきました。

パタパタ、パタパタ、全然涼《ぜんぜんすず》しくなんかありません。

りょう君《くん》とりんちゃんは、うちわで、バシバシ戦《たたか》いごっこをはじめてしまいました。

「こらー。それは、遊《あそ》ぶものじゃなくて、パタパタ風を作る道具《どうぐ》でしょ」とばあば。

「だって、涼《すず》しくないもん」そう言うと二人とも、うちわを放《ほう》りなげてしまいました。


もう電気来るかな……。

だって、もうひるご飯の時間です。

ガスは使《つか》えるので、お湯《ゆ》はわかせます。いつもだと、ママにおこられそうだけど、インスタントのカップめんを、みんなで食べることにしました。
りょう君《くん》とりんちゃんは、おおよろこびです。
ふぅーふぅー、ズルズル「おいしいね」
でも、またまた、暑《あつ》くなりました。
「うちわ！　うちわ！」パタパタ、バシバシぜんぜん涼《すず》しくなんかありません。
「そうだ、アイスを食べよう」とりょう君《くん》。
「すぐしめてね！」ばあばが言います。
さっととって、さっとしめて。だいじょうぶアイスはまだ溶《と》けてません。

アイスはとてもおいしいデザートです。


でも、まだ電気はつきません。

いつもの公園で二人の大好《だいす》きなブランコです。

もっと、もっと、こいで、こいで。

二人とも風が、とても気持《きも》ちよさそうです。

もっと、もっと……りんちゃんは、おともだちのくまさん、うさぎさん、ねこちゃんのぬいぐるみものせてあげました。

「それ!」「あっ」たいへん、たいへん、みんなほうりだされてしまいました。

つぎは、すべり台です。

りんちゃんの前を、みんなころがり落《お》ちていきます。「まてまて」とりんちゃんがおいかけてすべります。

とってもきれいな青空に、もくもく白い雲がなんじゅうにも、なんじゅうにもかさなっています。

「ソフトクリームみたい」りょう君《くん》は、暑《あつ》くてたまりません。

「おうちにかえろう」じいじが言うと、

「アイス、アイス」りんちゃんもぬいぐるみのおともだちを、みんなあつめて、走りだしました。

さてさて、まだ電気はつきません。

ゆっくり冷蔵庫《れいぞうこ》を開《あ》けて、棒《ぼう》つきアイスを静《しず》かに取《と》り出してみると、ぐちゃり。

あらたいへん、はやく食べてしまいましょう、溶《と》けだしたアイスは、すぽっと棒《ぼう》が抜《ぬ》けてしまうので、みんなで上をむいてアイスの一気のみ大会です。じいじは頭がキーンと痛《いた》くなってしまいました。

もうすぐママの帰る時間です。でも、大好《だいす》きなテレビは見られません。

二人は、懐中電灯《かいちゅうでんとう》を床《ゆか》に置《お》いて、黄色っぽい光の中で、なかよくおままごとをはじめましたよ。

ばあばはいつものようにお米をといだけど、ジャーのスイッチは入りません。

それに気づいたりんちゃんに「ばあば停電《ていでん》ですよ」と笑《わら》われました。

「そうでした」とばあば。

そんな時、ママが帰ってきました。

「ただいま。えー、まだ電気つかないの?」

「夕飯《ゆうはん》どうする」その前に灯《あか》りをつけないと。

「懐中電灯《かいちゅうでんとう》は?　あっ!　ろうそくもあったかな」

りんちゃんのキラキラ光る変身《へんしん》ステッキやりょう君《くん》の光る剣《けん》もならべちゃえ。ハロウィンのカボチャの提灯《ちょうちん》もあるね。

暗《くら》いお部屋《へや》がなんだか急《きゅう》に、にぎやかになりました。天井《てんじょう》には、色々な模様《もよう》が映《うつ》って見えて、楽しいです。

「とりあえず、といだお米をお鍋《なべ》で、たいてみよう」

お鍋《なべ》から湯気《ゆげ》が出て、ご飯《はん》のにおいがしてきましたよ。

ふたを開《あ》けると、大成功《だいせいこう》!

ふっくらご飯《はん》のできあがり。

「お肉もいたんじゃうから、食べちゃおうよ」とママ。
大きなお皿《さら》に、焼《や》き肉が山盛《やまも》りです。
「残《のこ》り物《もの》、冷蔵庫《れいぞうこ》にしまえないから、残《のこ》さず全部《ぜんぶ》食べてね」
とママ。
「誰《だれ》がいちばん大食いか、競争《きょうそう》だね」りょう君《くん》が張《は》り切《き》ります。
「もう、お腹《なか》いっぱいです」りんちゃんがギブアップ。
「りょうの勝《か》ち」得意《とくい》げにからになったお茶碗《ちゃわん》を上にあげます。
「なんだかキャンプみたいだね」りょう君《くん》が言います。

暗《くら》くても、楽しいね、みんないっしょで楽しいね。

それから、停電《ていでん》は四日間続《つづ》きました。

楽しい水たまり

りょう君《くん》は雨上がりが大好《だいす》きです。
お気に入りの長靴《ながぐつ》をはいて「いってきます！」

それはある雨上がりのこと、りょう君《くん》は青く光る水たまりを見つけました。

かけよってのぞいてみると水の中では楽しそうに、色とりどりの大きな魚や小さな魚たちがダンスをしています。

すーっと手をのばしてみると、そこにはアスファルトがあるだけです。

魚たちはすぐに消《き》えてしまいました。

つぎの雨上がりには、赤く光る水たまりを見つけました。
そーっとのぞいてみると、あらふしぎ、おにわの花たちが、
地面《じめん》にぶらさがって
ゆらゆらしながら、コーラスをしています。ら・ら・ら……
きれいな歌声が、水の中から聞こえます。

赤や黄色のチューリップ、白いマーガレット
ピンクのガーベラかしら、くきを大きくゆらしながら、歌っ
ています。

またまた、手を入れると、そこにはただのどろんこがあるだ

けです。

もう三日間も雨が続《つづ》いています。

りょう君《くん》は早く雨が上がらないかと、窓《まど》からずっと外を見ています。

次《つぎ》の日、やっと雨が上がりました。

こんどはどんな水たまりが見つかるのかな。

わくわく……ビシャビシャ。

「あっ！　あった」

今日のは黄色に光る水たまり。

かなり大きな水たまりを、見つけました。

そーっと、のぞいてみると

犬のハチとねこのたまが、カエル先生におよぎ方を教わって

いるようです。

ふたりとも、水中めがねと足ひれまでつけて、かなり本格的《ほんかくてき》

なようすです。

カエル先生の手と足の動《うご》きが、なんだかとてもおかしくて、

りょう君《くん》はお腹《なか》を抱《かか》えて大笑《おおわら》い。

あらたいへんそのひょうしに水たまりに、ぽっちゃん。
ところが今日の水たまりは、消《き》えません。
どんどん落《お》ちていきますよ、でもふしぎぜんぜん苦《くる》しくありません。
目だっててちゃんと見えています。あわてててハチのしっぽを、
むぎゅ‼
「ワン」でもだいじょうぶ、体がふわふわ浮《う》いて、水泳《すいえい》せんしゅ
みたいに
すーいすーい、すーいすーい。

カエル先生だって、おい越《こ》しちゃう。

「りょーう君《くん》」

ママの声がします。

「あらこんなところで、何してたの？」

振《ふ》りかえると、りょう君《くん》は、水たまりの外にいました。

「ぼくね、ハチとすーい、すーいおよいだんだよ」

「あらそう」と、ママは信《しん》じていません。

「だからズボンが、びしょぬれなの？」

「本当なんだよ、ハチより早く泳《およ》げたんだよ」

「はい、はい」

「さあ、おうちへ帰りましょう」

手をつなぐ二人の前には、大きな虹《にじ》がかかりました。

七色の水たまりには何が見えるのかな？

こんどの雨上がりがとっても楽しみです。

おてつだい

ママの帰りが遅《おそ》いので、じいじとばあばとおるすばんです。りょう君《くん》と、じいじは男の子チーム。りんちゃんと、ばあばは女の子チームです。

女の子チームは晩《ばん》ご飯《はん》の準備《じゅんび》。

りんちゃんは、大好《だいす》きなたまご割《わ》り。おもいっきり三個《こ》も割《わ》っていいんですよ。

キッチン台のかどに、トントンしながら、

「こう?」「こう?」何度《なんど》もばあばをのぞきこみます。

「あっ!」からが入っちゃった、でもだいじょうぶ、ばあばがそーっと取《と》るのをてつだってくれました。

たまごを、まぜまぜ、

「おいしくなーれ。おいしくなーれ」

ばあばお得意《とくい》の、ふんわり甘《あま》いたまご焼《や》きになりました。


次《つぎ》に大好《だいす》きな玉ねぎの皮《かわ》むきです。

一枚《まい》二枚《まい》茶色の皮《かわ》を、ていねいにはがします。

「もういい?」「もういい?」とばあばをのぞきこんでいます。

「あら、上手ね!」とってもきれいにむけたね。


そのころ、男の子チームは、ずっと戦《たたか》いごっこをしてますよ。

お部屋《へや》の、おかたづけはどうしたのかしら？

りょう君《くん》は、ライダーベルトを、腰《こし》につけて変身《へんしん》しちゃいましたよ、じいじはというといつものように、くまのぬいぐるみをわきにかかえ、首をしめながら、「こいつがどうなってもいいのか！」そんな悪者《わるもの》じいじに、りょう君《くん》ライダーは、必死《ひっし》にライダーキックを「えい、えい」とくりかえします。

その時「いたい！」ばあばの声です。

「どうした」りょう君《くん》がすばやく、かけつけました。「指《ゆび》切っちゃったの」

「えー。だいじょうぶ」じいじもかけよります。

血《ち》が出てる、さあたいへん、ティッシュで押《お》さえてきずばん、きずばん、「どこにあるんだっけ」「ここのひきだし！」とりょう君《くん》。きずばんをはってもまだ血《ち》がにじんでる。

りんちゃんはいつもばあばがしてくれる「いたいの、いたいのとんでいけ！」をなんどもくりかえしてくれます。

「ばあばだいじょうぶ？」としんぱいそうにのぞきこんでいます。

「そうだじいじ、男の子チームで野菜《やさい》いためを、作ろう」とりょう君《くん》。ちょっとかっこいい。

「よし、作ろう」とじいじも、ノリノリ。りょう君《くん》は、キャベツをバッシバッシと手でちぎりはじめました。ピーマンだって、ちぎっちゃう、お肉とニンジンは包丁《ほうちょう》を使《つか》うので、じいじのたんとうです。

「本当にそーっと切ってね」とばあばがしんぱいそうに声をかけます。

そのころ、りんちゃんは、お医者《いしゃ》さんごっこの、ちょうしんきを耳にして、注射器《ちゅうしゃき》を持《も》って来ましたよ。ばあばにむかって「きょうはどうされましたか？」とカルテを書くまねっこです。「指《ゆび》を切ってしまいました」とばあば。

「どれどれ……。はい！　ではお注射《ちゅうしゃ》を、しましょう」とりん先生。

「えー！　いたくしないでくださいね。りん先生、いたい指《ゆび》の方へは、しないでくださいね」「ちっくーん」「たすけてー」

「ご飯《はん》まだー」

「ばあば、味付《あじつ》けはどうするの？」

「しおと、コショウをぱっぱ」おいしくなる魔法《まほう》の調味料《ちょうみりょう》を入れて、おまじない。「お肉さん、おいしくなーれ。キャベツさん、ニンジンさん、ピーマンさんもみんなで、なかよくおいしくなーれ」

りょう君《くん》の歌にあわせて、りんちゃんも、おいしくなーれのダンスをおどります。

はい出来上がり。何とか、ご飯《はん》の準備《じゅんび》ができました。

みんなでいっしょにいただきます。

「おいしい！」りょう君《くん》が言うとりんちゃんも、「おいしい！」とすぐにまねします。

「じいじの野菜《やさい》いためは最高《さいこう》だね。また今度《こんど》もおねがいします」とりょう君《くん》、「最高《さいこう》だね」

すぐに、りんちゃんもまねします。

みんなお腹《なか》いっぱいです。

りょう君《くん》は、洗《あら》い物《もの》の、おてつだいがしたくて、しかたありません。

「ばあばは、手がいたいから、りょうに、させて、させて」

スポンジにせんざいをピッピッ。あわをたくさんたてて、フワフワ。お皿《さら》もコップもあわだらけで気持《きも》ちよさそうね。

「ただいま、ずいぶん楽しそうね」ママのお帰りです。

りょう君《くん》もりんちゃんも、先をあらそって、ママにほうこくです。

「あのね、ばあばがね」

「ばあばがね」

「指《ゆび》を切ったの」

「指《ゆび》を切ったの」

「それでね、りょうは、キャベツを手でちぎったんだよ」

「りんはね、ばあばに、ちくって、お注射《ちゅうしゃ》をしたの」

「じゅんばんにお話ししてね」とママ。

「りょうがお皿《さら》も、洗《あら》ったの」

「あらそうなの！」とママ。

「おてつだいって、楽しいね」

「こんどは、ママのおてつだいさせてね」と二人声をそろえて言います。

「はい、はい」

お昼ねなんて……

りょう君《くん》は、お昼ねが、大きらい。保育園《ほいくえん》でも、ひとりだけおもちゃで遊《あそ》んじゃう。だって、ママとじゃないと眠《ねむ》れない。

でも、最近《さいきん》お友だちが、変《へん》なんです。帰りのバスの中で、「どうしてりょう君《くん》は、来なかったの?」とのんちゃん。「どこへ?」「今日は、大きな紙ひこうきで、お空をとんだよ、すんごく気持《きも》ちよかったのよ」

次《つぎ》の日、「どうしてりょう君《くん》は、来なかったの?」「どこへ?」「大きな海を、どんどん泳《およ》いで、イルカさんたちと、ダンスをおどったのに」とひかる君《くん》。

次《つぎ》の日も、「小鳥の島《しま》で、大合唱《だいがっしょう》したんだよ」「何のことかな？」りょう君《くん》には、ぜんぜんわかりません、バスの中では、毎日、楽しそうに、お話ししています。つまんないの……。

アイスクリームのお城《しろ》？
チョコレートのすべりだい？　お口に入りきらないほどグミの雨が降《ふ》ってきた？
いろいろな夢《ゆめ》のようなお話ばかり、聞こえてきます。
夢《ゆめ》！　そうか！　みんな夢《ゆめ》のお話を、してるんだ。でも、そんなことあるのかな？

りょう君《くん》はかんがえました。
でも、お昼ねなんて、もったいない。
どうしたら、夢《ゆめ》の世界《せかい》へ行けるのかな？

ある日、のんちゃんたちが、ひそひそ声で、「どうしてりょう君《くん》は、お昼ねしないのかしらね」「とっても楽しいのにね」と話しているのが、聞こえてきました。
「楽しい？？」

お昼ねなんて大きらい。

でも、次《つぎ》の日も、その次《つぎ》の日も、みんなの楽しそうな、お話し声が聞こえてきますよ。

ある日、りょう君《くん》は、「えーい！」とお昼ねふとんに、もぐりこみました。

あらら、なんだかとてもいい気持《きも》ち。

なんだか甘《あま》い、いいかおりもしてきましたよ。

目をとじてるはずなのに、「りょうくーん」とのんちゃんの声がして、「いっしょに遊《あそ》ぼう」ひかる君《くん》たちも手をふります。

なんてふしぎ、雲の上をふわふわ歩いていますよ。この雲は甘《あま》い、綿菓子《わたがし》です。
みんなで、ぱくぱく、ごろごろ、ふわふわぱくん。なんて楽しいんでしょ。

これなんだ。お友だちが、話していた、夢《ゆめ》みたいな、夢《ゆめ》のお話。
お昼ねってこんなに楽しいんだ。
本当に夢《ゆめ》のお話しだったんだ。

「わーい!」と大きな声で、目がさめました。みんなにこにこりょう君《くん》を、のぞきこんでいましたよ。

これはね、子どもにしかとおれない、小さな、小さなとびらのむこうでの、お話しです。

もう、りょう君《くん》はお昼ね大きらいなんかではありません。

りょう君《くん》は、一番にお昼ねのおふとんに、入ります。


「ママ、僕《ぼく》お昼ね一人でできるんだよ。ママのシャツがなくてもできるんだよ」

「あら、すごーいね」ママはちょぴりさみしそう。


お昼ね、だーいすき。

今日は、どんな夢《ゆめ》が、待《ま》っているのかな。

じいじの紙ひこうき

お母さんたぬきが、畑《はたけ》で、紙ひこうきを見つけました。子だぬきのおみやげにと、こっそり持《も》って帰りました。

じいじは、りょう君《くん》に、よろこんでもらおうと、本を見ながら、何回も、何回も折《お》りなおして紙ひこうきを作りました。そんなじまんの紙ひこうきを、お庭《にわ》でとばしてみましたが、りょう君《くん》は、まったく、見てもくれません。
犬のハチが、うれしそうに、おいかけていきます。それを、くわえてきたから、さあたいへん、よだれまみれです。「りょう、紙ひこうきは、楽しくないのかい?」「じいじの高い、高いがいい」しかたなく、肩《かた》にのせると、「ここから、とばしてみたい」「そうか、そうかそこからなら、うーんと、とぶかもしれないな」とじいじは、りょう君《くん》が、紙ひこうきを、手にしてくれたことが、うれしくて、たまりません。ビューンと気持《きも》ちよくとぶ紙ひこうき、ハチが、いっしょうけんめい、おいかけます。「もういっかい！　もういっかい！」と何回もくりかえし。じいじは、へとへとです。

ある日、りょう君《くん》は、そんなじいじの紙ひこうきを、いっしょうけんめいさがしていました。

いつもはじいじが、とばしてくれる紙ひこうきを、じいじが、お出かけしたすきに、こっそり一人でとばしてみました。本当に、すんごく遠くまでとんじゃった。

ハチの小屋《こや》のまわりにもありません。

「ハチ、紙ひこうき知らない？」ハチはしっぽをふってじゃれてきます。

その先の、おせんたくをほすところにもありません。「カエルさん、紙ひこうき知らない？」カエルはぴょーんと、とんでいってしまいました。

おすなばのシャベルの下にも、バケツの中にもありません。

三輪車《さんりんしゃ》にのって、かきねのほうにも、行きました。

これいじょうは、ママにしかられるところまで、さがしに行きました。


でも、もうおうちに帰らないと、ママがよんでいます。


山では、お母さんたぬきが、紙ひこうきを、とばしてみせました。子だぬきは、しっぽをぶんぶんふっておいかけます。

「ママとってもも楽しいね。でもこれどうしたの?」

「畑《はたけ》に落《お》ちていたのよ」

「きっと、人間の男の子のだね。見つからなくて、泣《な》いているかもしれないね。あとで、ちゃんとかえしにいかないとね」

その夜、りょう君《くん》はじいじが紙ひこうきをなくしたことに、気がつかないように、いろいろなお話しをしました。ばあばのブーブーのことや、ハチのこと、水遊《みずあそ》びのこと……。

お休みなさいの時です。

ママが、「りょう君《くん》あそこに飾《かざ》っておいた、紙ひこうきどうしたの？」もう、よけいなことを言わないで。

りょう君《くん》は「えーん。えーん」と泣《な》きだしてしまいました。

「どうした、どうした」じいじが、やさしく声をかけます。

「ごめんね、じいじ。大切な紙ひこうきをなくしちゃったの。たくさん、たくさんさがしたんだけど、見つからなかったんだよ。」

「おやおや、それはたいへんだったね。だいじょうぶ、また新しいのを、折《お》ってあげるから、なかないでゆっくり、お休み」


りょう君《くん》は、森の中を、紙ひこうきをさがしながら、歩いています。

たぬきくんが、紙ひこうきを大事《だいじ》にかかえて、むかいがわから歩いてきます。ふしぎなことに、りょう君《くん》はたぬきくんと、お話しができました。

りょう君《くん》は、「その紙ひこうき、じいじの大切なもので、ずーっと、さがしていたんだよ」と話しました。「そうだったんだ、そんな大切なものを、かってに持《も》ってきちゃって」たぬきくんは、「ごめんね」してくれました。「ぼくも、今からかえしに行くところだったんだよ、でも、きみのおうちのお庭《にわ》がわからなくて、本当に、ごめんね」

「そうだったの！」とりょう君《くん》。

「畑《はたけ》の赤くなったイチゴを食べたのもたぬき君《くん》？　僕《ぼく》たち食べるのを楽しみにしていたのに」

「それは、ちがうよ。きっとカラスたちだよ。いつも木の上からねらっているんだよ」

「そうだったんだ、疑《うたが》ってごめんね」

りょう君《くん》は、なんだかとってもうれしくなって、たぬきくんと、なかよく遊《あそ》びました。

朝、目がさめるとあたらしい紙ひこうきが、まくらもとにありました。

「わーい！　じいじありがとう」

さっそく、じいじと二人でとばしてみました。

すーっとよくとびます。

お庭《にわ》の、三輪車《さんりんしゃ》のそばに落《お》ちました。

拾《ひろ》いに行ってみると、三輪車《さんりんしゃ》のかごの中には、昨日《きのう》さがしていた、あのじいじの紙ひこうきが、入っていました。

「あれ、だれかが、とどけてくれたのかな？」とじいじが言いました。

りょう君《くん》は夢《ゆめ》のことを、思い出して、
たぬきくんに「ありがとう」とつぶやきました。

ブランコ大《だい》好《す》き。

りんちゃんは、ブランコが大好《だいす》き。

一人で、片足《かたあし》をとんととんと上手にこいじゃう。

「もっと、もっと高くしてください」

「ママはもっと、もっと、高くするです」

「ぶらんこごと持ち上げて‼」とじいじにねだります。

じいじは、少しえんりょしながら、引っぱり上げます。

「そうそう」りんちゃんはうれしそう。

「りん、こわくないの？」

いつも、ばあばはしんぱいそうに、声をかけます。

「だいじょうぶです。もっと、もっと」

「よーし、じいじも本気だすぞ。そーれ」

「きゃあー」

いつか、あの白いもこもこ雲の中に、行ってみたいな。

にいには、綿菓子《わたがし》っていってるけど、りんも食べてみたい。

ソフトクリームかもしれない、そうだとしたら、すんごく冷《つめ》たそう。

うさぎの形に見える時や、ぞうの形に見える時、どうぶつえんになったり。

大きなバスになったり、ひこうきだったり、じてんしゃの時もある。

うすーい雲の時は、すきまから、落《お》ちゃうかもしれない……。くろーい、雲の時は、どんな味《あじ》がするのかしら、甘《あま》いといいな……。

いろんなことを、かんがえながら、いつも雲を見てる、りんちゃん。

「そうそう、ばあば、ブランコは宇宙《うちゅう》にも、行けるんだって」

とりんちゃん。

宇宙《うちゅう》にも行けるんだとしたらどんなだろう、星がきらきらしてるのかな、暖《あたた》かいのかな、氷《こおり》のように冷《つめ》たいのかな……。


「そうなの、りん、宇宙《うちゅう》ってどんな感《かん》じのとこなの？　ばあばも行ったことないよ」

「黄色や、ピンクや、青の星がきらきらしてるんです」

「雲の上ですよ」

「すごいね、そんなところまでこのブランコは行けるんだ」

「そうだよ‼」と、りんちゃんは、とくいげです。

「でもね、雲の上は、鬼《おに》が住《す》んでるとか、大男がかくれてるとか、ママの読んでくれるお話には、出てくるけど。りんは、おひめさまが住《す》んでいると信《しん》じてるの」

お花の、いいにおいがして、ピンク色のやさしいきりが、ふわふわしているの。

絶対《ぜったい》そうだと思う。会ってみたいな、おひめさま。

とその時です。りんちゃんがびゅーんと、

とんでいってしまいました。

白いもこもこの雲の中に、すぽっと入ってしまいましたよ。

「きゃー」りんちゃんが、さけびます。

「ここは、どこですか？」

「雲の中ですよ」

顔を上げると、おひめさまが、しんぱいそうに、りんちゃんを見ています。

「どうして、ここへきたのかしら」

「ブランコを、高く高くこいだからですよ。いつか、お空の大好《だいす》きな、あなたをしょうたいしたかったんです」とおひめさま。

雲の中へ……。

「えーなんて素敵《すてき》なの。いつか、手がとどくと信《しん》じていたのよ」

「さあ、おしろへ行きましょ。目をとじて」

わたしと手をつないで。

「さあ、つきましたよ」

ぱっ！と目を開《ひら》くと、

「りんちゃん」とばあばと、じいじが心配《しんぱい》そうに、のぞきこんでいました。

「あれ、おひめさまは？」

「おひめさま？　だいじょうぶ……どこかうってない？　頭は？　いたいところはない？」

「夢《ゆめ》でも見たんじゃない？」あとからきた、りょう君《くん》が、ひやかしながらのぞいています。「にいに帰《かえ》ってたんですか？本当におひめさまが、いたんです」

「にいには信《しん》じてくれますよね」

「りんのあこがれだからね、っていうか、いつもおひめさまみたいなふりふりのドレス着《き》て、夢《ゆめ》みたいなことばかりかんがえてるから、どれが本当か、わからなくなったんじゃないの。変《へん》な子！」とりょう君《くん》。

「でも、本当のおひめさまに会ったんです。とても、いいにおいもしたんです」

「きっと、おひめさま大好《だいす》きな、りんにだけ見えたのね」とばあばも笑《わら》います。

そろそろ、日が沈《しず》むし、帰りましょう。

「夢《ゆめ》の続《つづ》きは、おふとんの中でということで……」


次《つぎ》の日も、次《つぎ》の日もブランコを、たくさんたくさんこいだけど、もうおひめさまは、会いにきてくれません。

やっぱり、夢《ゆめ》だったのかしら？

それでも、今日もりんちゃんは、ブランコをこぎつづけます。

もっと、もっと高く、高く雲にとどくまで。

ロボちゃん

りょう君《くん》は、ダンボールの工作が大好《だいす》き。

ダンボールの箱《はこ》をつなげて、宇宙船《うちゅうせん》やタクシーを作ったり、スーパーカーも作っちゃう。おすしやさんのカウンターに、アイスクリームやさん。

そのたび妹のりんちゃんは、じょしゅになったり、お客《きゃく》さんになったり、おおいそがし。

「早くのってください。しゅっぱつしますよ！」

ある時は、電車のしゃしょうさんです。ガタンゴトン、ガタンゴトン電車が通ります。

大きなダンボール箱《ばこ》から、かわいい足がのぞいています。

「ママものせて」

「おとなはダメです」

「ダメです」リンちゃんもまねっこしてます。「あーら、つまんない」

ガタンゴトン、ガタンゴトン……。


さて、今日はというと、母の日にお花がとどいた箱《はこ》の、持《も》ちてのところにクレヨンで、真《ま》っ赤《か》なお口をかいて、空気あながふたつ、あなの回りをくるくる黒くぬって、さかさまにしてかぶってみたら、ジャジャジャン。なんとロボちゃんのたんじょうです。

じいじが話しかけます。

「お名前は?」

「ロ・ボ・ちゃん・で・す」

うごくたび、ギー　ガシャン・ギー　ガシャン。

「どこから来たのかな?」

「み・ら・い・のきのうからです」ガシャン。

「ほー、みらいは明日じゃないのかな」

ロボちゃんは、おかまいなしに、ギィーガシャン!　ギィーガシャンと、じいじのまわりを、ぐるぐると回り続《つづ》けます。
「そうだ、まごのりょうに、会わせたいな。
今よんでくるから、まっていておくれ」とじいじ。
ロボちゃんは、あわてて。
「おじいちゃんは、ここでまっていてください。僕《ぼく》がりょう君《くん》をさがしてきます」
ギー　ガシャン・ギー　ガシャンそういうと
となりの部屋《へや》へ、行ってしまいました。
キッチンでは、ママがご飯《はん》のじゅんび中です。りょう君《くん》は、
いえいえロボちゃんは、「ロボちゃんは、りょうなんだよ。

でもね、でもね、じいじには、秘密《ひみつ》ね」

とママにうれしそうに言うと、ロボちゃんをかくして、走っていきました。

「じいじ」

「あれ、りょう、今ねロボットのロボちゃんがみらいから、遊《あそ》びに来ていたんだが、会わなかったかい？　ギー　ガシャン・ギー　ガシャンって、歩いていかなかったかい？　すぐに、もどってくると思うから、りょうにもぜひ、しょうかいしたいな、いっしょに、まっていよう」

「えー！　ぼくもロボちゃんに会いたい、会いたい。どんなロボットなの？」

「うーん、りょうよりちょっとだけ、背《せ》が高くて、とてもかわいい声で、いろいろ宇宙《うちゅう》のことを、お話ししてくれる、ひとなつっこいロボットだよ」

りょう君《くん》は、「ロボちゃんさがしに行ってくるね、ママも会ったかもしれないから、行ってみるね」と走っていってしまいました。

さあ、たいへんかけあしで、キッチンへ、ダンボールの頭をのせて、ロボちゃんへ、変身《へんしん》。

ギー　ガシャン・ギー　ガシャン
「あれロボちゃん、今りょうが、さがしに行ったけど、会わなかったかい？」

「あ・わ・な・かっ・た・で・す」

「ロボちゃん、食べ物《もの》は何が好《す》きなのかな？」

「ハンバーガーとポテトです」

「おや、りょうといっしょだな」

「そうですか、カレーも好《す》きです」

「おや、それもりょうといっしょだな」

りょう君《くん》だと気づかれてはいけないと思いあわてて「本当は、好《す》きの反対《はんたい》です」とロボちゃん。

しばらく黙《だま》ってじいじのまわりを、ギー　ガシャン・ギーガシャンと歩きます。

何ども、変身《へんしん》をくりかえしたので、りょう君《くん》は、あせびっしょり、のどはからから、もちろんお腹《なか》はぺこぺこです。

「みんな、ご飯《はん》よー」ママの声がします。

さてロボちゃんは、どうしたのかしら？

「ご飯《はん》、ご飯《はん》」りんちゃんと遊《あそ》んでいた、ばあばも来ましたよ。

りょうくんは早口に、「ロボちゃんは、りょうなんだけどじいじには秘密《ひみつ》にしてね」と目をキラキラさせています。

ママはとてもうれしそうに、ニコニコしていますよ。

じいじはりんちゃんをだっこしてきました。「おいしそうな、チャーハンだね」

あんなに走りまわったから、りょう君《くん》はお腹《なか》がペコペコです。

たくさんおかわりしましたよ、日本一おいしいチャーハンです。

いいえ今日のは、宇宙《うちゅう》で一番おいしいチャーハンです。

ところで、ロボちゃんはというと、りんちゃんが、かぶってきたからたいへんです。

りょう君《くん》は、あわててとりかえそうとすると、じいじが「おや、ロボちゃん顔をわすれてみらいへ帰ったのかな」と言ったので、りょう君《くん》はじいじがロボちゃんを信《しん》じてるんだと思い、

「りょうもロボちゃんに会いたかったたな」ですって。

「こんどはいつ遊《あそ》びに来てくれるかな」

みんな、にこにこ大笑《おおわら》いです。

床《ゆか》に転《ころ》がったロボちゃんのお顔も、にっこり笑《わら》って見えました。

公園

「今日ロボット公園行ける？　ずっと行ってないじゃん」

保育園《ほいくえん》のおむかえの車の中で、りんちゃんが言います。

「でも、暑《あつ》いよ！」と車を運転《うんてん》しながら、ばあばが言うと、
りんちゃんを、おどかそうと後ろの座席《ざせき》に隠《かく》れていたことをわすれて「帽子《ぼうし》をかぶれば、だいじょうぶ！」とりょう君《くん》が叫《さけ》びました。

「にいに、そんなところにいたんですか、ぜんぜんわかりませんでした」


「じゃあ行こうか！」

おうちに着《つ》くなり、りょう君《くん》は大好《だいす》きな自転車《じてんしゃ》にまっしぐら。最近《さいきん》おしゃれにめざめたりんちゃんは、紺色《こんいろ》のスモックがどうも苦手《にがて》で、保育園《ほいくえん》から帰ると、必《かなら》ず「お着替《きが》え、お着替《きが》え」「えー、なんでもいいじゃん」とばあばは、いつものように、めんどくさそうです。

「髪《かみ》もなおしてください」「えー！」

ばあばが、ぼさぼさになったりんちゃんの髪《かみ》を、ほどいて三つ編《あ》み、三つ編《あ》み。

「編《あ》み込《こ》みにしてくださいね」「えー、ばあばできないよ……」

「これでいい?」どれどれと、りんちゃんは、指《ゆび》で編《あ》んである髪《かみ》をさわります。

ばあばはドキドキです。りんちゃんは、こだわりが強いから、気に入らないと、何度《ど》でもやり直しです。

「うん、だいじょうぶです」ほっ、よかった。

それから、お洋服選《ようふくえら》び、これが一番たいへんです。

お気に入りの花柄《はながら》のカルソンパンツは絶対《ぜったい》です。

外は真夏《まなつ》の暑《あつ》さでじりじりです、「ねー、りん、すんごく暑《あつ》いんだから、スカートにしない」

「ピンクのフリフリがいいんじゃない」

「これがはきたーい」やっぱり、ゆずりません。

「それじゃ、このひまわり柄《がら》のワンピースは？」

「これがはきたーい」

「じゃあこのTシャツにしたら……」

「これはけますか？」

「うーん、でもこのTシャツには、あのピンクのフリフリスカートがかわいいと思うよ」

もうばあばは、どっちでもよくなっています。

その時りんちゃんは、ばあばの言ったかわいいという言葉《ことば》に反応《はんのう》しましたよ。

「そっか！　このTシャツには、このピンクのフリフリ合うね」

「合う、合う」

床《ゆか》にTシャツとスカートを並《なら》べて、チェックをします。

「これかわいい、うんとっても！」

やれやれ、やっとお着替《きが》えがおわりました。

それから今度《こんど》は持《も》ち物《もの》です、プリンセスのバッグに変身《へんしん》ステッキを入れて。

ハンカチ、ティッシュ、それからキラキラ光るブレスレットに、星のネックレス。

「りん、もういいんじゃない……」とばあば。

りょう君《くん》は自転車《じてんしゃ》でお庭《にわ》をぐるぐる回ってもうあせぐっしょりです。

玄関《げんかん》にいたりんちゃんに、「りん、どこ行くの？」

待《ま》ちくたびれたりょう君《くん》とじいじが聞きます。

「ロボット公園です」

「えー、ロボット公園行くのに、そんなにおしゃれしたの？」

とりょう君《くん》。

「うん、そうです！」りんちゃんはとってもうれしそうです。

「ロボット公園って、そこだよ」

ばあばが、家の前にある公園を指《ゆび》さして、言いました。

「ロボット公園です」とりんちゃん。

「だから、そこの公園をロボット公園って、言うの」りょう君《くん》が、言いました。

「ロボット公園です」りんちゃんの声は小さくなり涙《なみだ》ぐんでいます。

「りん、どこの公園とまちがえたの？　ばあばもそこだと思ってたよ」

りんちゃんの目から大粒《つぶ》の涙《なみだ》がぽろぽろ、えーんえーんと泣《な》き出してしまいました。
「ごめんね、どことまちがえたの？」とばあばが聞くと、りんちゃんは本格的《ほんかくてき》に
うえーんうえーんと泣《な》いてしまいました。
外で待《ま》っていた、じいじが、心配《しんぱい》そうに「どうしたの？」との
ぞきこみます。
「りんが、どこかの公園に行きたかったみたいで、ロボット公園っていうから、そこのブランコにのりたいんだと思ったら、ちがってたらしいの」
りんちゃんは、ばあばにしがみついて、泣《な》き続《つづ》けるばか

り……。

「大きなすべり台のあるところ?」とりょう君《くん》も、心配《しんぱい》そうにのぞきこんでいます。

「おふねのかたちの?」リンちゃんは、しゃくりあげながら、大きくうなずきました。

「あそこは、タカラブネ公園っていうんだよ」「りん、まちがえたんだ」とりょう君《くん》。

りんちゃんは、一層《いっそう》しがみついて泣《な》き続《つづ》けます。

「そっか、そっか、でも今日は、行けないね、またにしよう」とじいじがなだめます。

「またっていつですか?」

「次《つぎ》のお休みかな?」

「明日ですか?」「うーん、次《つぎ》のお休みの日ね」

「火曜日ですか?」「りん今日が火曜日だよ……」とりょう君《くん》。

りんちゃんは、曜日が、まだよくわからないから、またまたなっとくさせるのが、大変《たいへん》です。

「だから、そんなにおしゃれしていたんだ。変《へん》なの」りょう君《くん》がひやかすから、泣《な》き止《や》むどころじゃありません。

抱《だ》きつかれてる、ばあばもあせだくです。

「ブランコのろうよ。あせかいちゃったし」とじいじ。

「じいじにいっぱい、いっぱいこいでもらおうよ」

「涼《すず》しくなるかな、風になっちゃうかも」

三人は順番《じゅんばん》にりんちゃんを、なだめます。

「サンダルはきます。そのリボンのです」

ばあばは、さっと、サンダルを、りんちゃんの前におきます。

大好《だいす》きな、ブランコをたくさん、たくさんこいでもらって、
まちがったことも忘《わす》れたのかな。少しきげんが直りました。
「もっとです、もっと、もっと……」

「宇宙《うちゅう》まで、とどけてください！」

はい。はい。

楽しい声がいつまでも続《つづ》きました。


後日、約束《やくそく》通り、タカラブネ公園に行きましたよ。

またまた、おしゃれには、時間がかかりましたけどね。

お友だちのぬいぐるみたちも、バッグにつめこんでいっしょです。

「そうそう、ここです。ロボット公園です」とりんちゃん。

「だから、ここはタカラブネ公園、まだわからないの、しっかりして」とりょう君《くん》。

おしりの、ちょっといたい、コロコロの長ーいすべり台を、二人とも大はしゃぎで何《なん》度《ど》も何《なん》度《ど》もすべります。楽しそうな、笑《わら》い声が、青空高く高く、ひびきました。

大《だい》好《す》きなブーブのこと

まだ僕《ぼく》に妹ができる前のお話です。

ママが、「お母さんって本当に雨女だよね」とばあばに言ってます。

その日は、なぜか雨降《ふ》りで。ばあばのお休みは、いつも雨降《ふ》りです。

僕《ぼく》は、やっとばあばの青いブーブをおぼえたのに、ばあばの青いブーブとお別《わか》れの日です。

元気なお兄さんが、大きな車に、新しい車をのせてやってきました。

その車は白くてキラキラかがやいています。

ばあばは、僕《ぼく》を抱《だ》っこして、「青いブーブにお別《わか》れしましょ！」と言いました。

お兄さんは、白いピカピカブーブがのってきた大きな車に、こんどは青いブーブを積《つ》んでいました。

「ありがとうございます」と言うと、大きな車は走り出しました。

「青いブーブ、さようなら。ありがとう」

ばあばは新しいブーブが、来てうれしいはずなのに、その車が見えなくなるまで、泣《な》きながらずーっと手をふりました。

僕《ぼく》も「ばあばブーブ、バイバイ」と言っていっしょに手を振《ふ》り続《つづ》けました。
ばあばは本当に青いブーブが、大好《だいす》きだったんだね。
僕《ぼく》は、ミニカーをならべるのが、大好《だいす》き！
ママのブーブ、パパのブーブ、ばあばのブーブ、あれ、それは、古いブーブですよ。
さっそくママが、ばあばの白いブーブの、新しいミニカーを買ってくれました。

「ピッカピカの新車がばあばブーブ」

「こっちのポンコツは、じいじのブーブ」僕《ぼく》が言うと、

「誰《だれ》そんなこと教えたの？」とママが言います。

「また、お母さんでしょ変《へん》なこと教えないでよ」


ママは、ばあばのことをお母さんと呼《よ》んでます。

ばあばは、ママのママで、お母さん。それで、ばあばのお母さんは、大ばあばで、ママはばあちゃんと呼《よ》んでいます。

なんか頭が、ごちゃごちゃです……。

ミニカーを、床《ゆか》の線にそって一列《れつ》にならべたり、たたみのへりにならべたり、とにかくずれることなく、せいれつさせるのが大好《だいす》き。時には色別《いろべつ》にならべてみたり、パトカーどうしでならべたり、いつでもずれなくならべては、床《ゆか》にほっぺを押《お》しつけて、近づいてのぞきこんでは、ずれがないことを確認《かくにん》します。

ばあばが歩いて、けったりしたら、さあたいへん！おこって、ぐちゃぐちゃにしちゃって、ミニカー遊《あそ》びはおしまいです。

ばあばが「ごめんね」なんて言ったって、りょう君《くん》のかんしゃくは、おさまりません。

ばあばは、いっしょうけんめいりょう君《くん》の、顔色を見ながら、ならべ直します。

「りょう、こうだっけ、ねー見て見て」

りょう君《くん》はしらんぷり、「ねー、りょう」

「もう、ほっときなよ。そうなると、どうにもなんないんだから」とママが言います。

すると、「ちがうよ‼」と言ってりょう君《くん》が、ならべなおします。

きげんが直ったようで、よかった。

どんなルールがあるかは、わからないけど、そのよこ顔の、真剣《しんけん》さといったら、たまりません。


まだ数がかぞえれないから、何台あるかはわからないけど。

僕《ぼく》の大切なたからものです。


次《つぎ》の時には、テレビ台のラインすれすれに、ミニカーが鼻《はな》を揃《そろ》えてざっと三十台以上《いじょう》、見事《ごと》にならんでいました。二列《れつ》目もずれなくならんでいます。

「ばあば見て、見て」と手を引きます。

そーっと足音もたてずに、近づき、「えー、すごいね、ほんとに、すごいよ」と言うと、

「これりょうが一人でならべたんだよ」「ほんとに、一人でだよね、ママ」

そんな時の、りょう君《くん》は、あごを少しあげ、口びるをぎゅっとします。

「ずーっと一人でならべてたから、ママものんびりできたわ」

「息《いき》してないかと思うくらい、真剣《しんけん》なんだから、いつもの、お調子者《ちょうしもの》は、どこへいったのかしらね」

ばあばのブーブはと、青い車を指《ゆび》さします。

ばあばが、悲《かな》しい顔になると、あわてて、

「あっ！　これが古いブーブで、こっちがピッカピカの新しいブーブね」

ばあばも、今ではりょう君《くん》の好《す》きな新しいブーブが大好《だいす》きだよ。

虹《にじ》

「あー、やっぱり降《ふ》ってきちゃった」
りょう君《くん》をむかえに行く車の中で、ばあばが、つぶやきます。
向《む》かっている方の雲は、ひどくどんよりしています。
走ってきた方に、ふりかえると、ふしぎなほどの青空です。
「こんにちは」部屋《へや》のとびらをあけると、
「りょう君《くん》おむかえですよ」と先生の声に、
とび出してきたりょう君《くん》が、空を指《ゆび》さし、「虹《にじ》、虹《にじ》だよ！」
ふりかえった、ばあばも「虹《にじ》！」
先生も「虹《にじ》！」
部屋《へや》にいるみんなも声あわせて叫《さけ》びます。「虹《にじ》！」

本当に大きな、大きな、虹《にじ》の橋《はし》がはっきり見えます。反対《はんたい》がわの空は雨が降《ふ》っていて、お空が二つに分かれていま
す。

車を走り出させるばあばに、りょう君《くん》が、
「りんは、虹《にじ》を見たことがないんだよ」
「りんにも見せてあげよう、ばあば早く早く」
「はい、はいでも安全運転《あんぜんうんてん》で、急《いそ》ぎますね」

庭《にわ》に着《つ》くなり、車からとびおりたりょう君《くん》は、げんかんにまっ

しぐら。

「りん、りん、虹《にじ》だよ！　虹《にじ》だよ！」

ばあばは虹《にじ》のある方をずっと見つめています。

「りょう、早く、早く、虹《にじ》……消《き》えちゃうよー」

「あー、消《き》えちゃう……消《き》えちゃう」

やっと、りんちゃんが、ママの大きなサンダルをはいて出てきましょ。

「虹《にじ》はどこですか？」

「ほら、あそこあそこ」ばあばが指《ゆび》をさしますが、小さなり

んちゃんからは、
もう何も見えません。

「何にもないです、つまんないの」

「にいに、何にもないですよ」

ざんねんだったね。


次《つぎ》の日、とってもよいお天気、雲ひとつなく、青空です。

お日様《ひさま》もギラギラしています。

「よーし、お外で水でっぽうで、戦《たたか》おう」とりょう君《くん》がはりきります。

「人にはむけないでね、ハチにもね」
「はーい」
ばあばの言っていることも聞かずに、二人はとび出していきます。
ボトルに水を入れて、背負《せお》うタイプの水でっぽう、左の手で本体を持《も》って
右の手で、シュポシュポ水をとばします。
りんちゃんはうまく背負《せお》えません、りょう君《くん》は、そのすきに
りんちゃんめがけて、
ビシュー、りんちゃんは頭からびしょぬれです。

「えーん！　にいにがやった……」

りんちゃんが、べそをかきながら逃《に》げてきましたよ。

「泣《な》いてないで、にいにを、やっつけてきなさい」

ばあばが言ったから、りんちゃんもはんげきです。

「まてまて……」おいかけっこする二人のまわりは水しぶきでキラキラです。

ブッチン‼　りんちゃんの水でっぽうを背負《せお》っていたベルトがちぎれてしまいました。

「えーん、えーん」また泣《な》き出しました。

「もうおしまいにしましょ」とばあば。

りょう君《くん》が、水道のホースでお水をかけはじめました。

「りょう、もう二人ともびしょぬれだから、おわりにしましょ」

その時です。「りん、見て見て。虹《にじ》が見えるよ」

「どこですか」「ほら、ここだよ」りょう君《くん》が指《ゆび》さしますが、
水をさわってしまうから
すぐに、消《き》えてしまって、りんちゃんには、うまく見えません。「ほらここだよ」

「見えないです」とりんちゃん。

「ここだってば」「えー」

見えかくれのくりかえし、「りょう、そこでとまって」とばあばが叫《さけ》びます。

「こう」とりょう君《くん》「もう少し右……」「こう」「そうそう、上手」

「そのままでいてね」

ばあばはりんちゃんを、虹《にじ》の見えるところまで、いどうします。

「どこですか？　りんだけ見えなくて、つまらないです」

「りょう、もう少しだけ、じっとしてね」

「あっ！　きらきらの中にきれいな色が見えました」とりんちゃん。

「見えたの？　りん、これが虹《にじ》だよ」とりょう君《くん》。

「いろんな色がきらきら光って見えてます」

「にいにはすごいです。虹《にじ》さん作ってくれました」

「本物《ほんもの》はねこんなに大きくて」りょう君《くん》はとくいげに、両手《りょう》をいっぱいに広げて、背伸《せの》びしています。お空の下から、ぐるーんと、はしがかかったみたいなんだよ。

「えー、りんも本物《ほんもの》が見たいです。こんなにですか……」

りんちゃんが、ぴょんぴょんはねまわります。

「こんどはいつ見れますか？」

そればっかりは、さすがに、ばあばにもわかりません。

雨が上がって一気に晴れたら見えるかな。

「いつ、雨降《ふ》りますか?」

「あら、今日はむりよ、雲一つないこんなにいいお天気なんだから。

さあ着替《きが》えましょう、かぜひいたら、たいへんたいへん」

「いつ雨降《ふ》りますかね……」

いつかな、虹《にじ》さん楽しみだね。

「はやく会いたいです」

「雨が楽しみなんて変《へん》なの」とりょう君《くん》が笑《わら》いました。

ふうせんガムのこと

さあ、おやつの時間です。

りょう君《くん》は、今ふうせんガムに夢中《むちゅう》です。

やっと飲《の》み込《こ》まずに、ぺっと出すことが、できるようになったからです。

そうなると、ばあばはたいへん。

「ばあばいつもの、ぷーっていうのを、やって、やって」

ピンクはいちご、むらさきは、ブドウ小さなつぶつぶのチューインガム。

それを二粒《つぶ》、しかくれません。

「これじゃ、ぜんぜん大きくならないし、むりむり」

「じゃあ、あと二つ」

「これで、ぷーっていうのやって、やって」

「よーし！」ばあばもいっしょうけんめいです。

くちゃくちゃ、もぐもぐ、ちょっとずつ、ちょっとずつふくらませていきます。


プウー、ぱっちん。

あーん、しっぱい……。

「へたくそ！　ばあば」

今度《こんど》こそ、ついむきになってしまいます。

ぷー　パチン。
ぷー　ぱちん。
ぷーーー。
あー、すごいのできた、できた。
「りょうにも、させて、させて」
こう？　こう？
ポロンとかたまりがまるごと、お口からとび出します。
もういい！

この日も、りょう君《くん》は、ぷーがうまくできずに、むくれてます。

次《つぎ》の日も、その次《つぎ》の日も、ぷー、ぽろん。ぷー、ぽろん。

ガムばかり食べていて、ママにしかられちゃう。

ムシ歯《ば》になっても知らないからね。

むし……どんな虫かな？

そんなある日りょう君《くん》はばあばの帰りを、今か、今かと待《ま》っていま す。

「ばあば、お帰り」りょう君《くん》が、元気にばあばを出迎《でむか》えます。

見て、見て、見て……。
どれどれ。
ぷーん、ぱちん。ぷーんぱちん。
あれれ……ばあばが見てるとできないぞ。
「りょう、本当にできたの？」
もう一回、もう一回だけ……。
ぷうー　ぷうーん。
あ!!　できたね。できた。できた。
ぱちん。「ねー本当に、できたでしょ」と、
りょう君《くん》はとくいげに、はなの頭についたガムをとりました。

ばあばにはないしょ

もうすぐばあばのお誕生日《たんじょうび》。

りょう君《くん》は、似顔絵《にがおえ》をかいた、メッセージカードをプレゼントしようと、ばあばの好《す》きなピンクの折《お》り紙《がみ》にくるんで、リボンもつけて、じゅんびばんたんです。

今日はお誕生会《たんじょうかい》の本番、だけど、だけどたいへん、ようい してておいたプレゼントが見つかりません。

おもちゃのある部屋《へや》のドアを、ぴしゃっとしめて、

「ばあば来ないでね」

「あら、なんで？」

「ばあばにはないしょだからね」
おもちゃのある部屋《へや》の中全部《ぜんぶ》さがしたのに、見つかりません。
つみきの箱《はこ》も、ミニカーの箱《はこ》も、おままごとの引き出しも、
折《お》り紙《がみ》の入った箱《はこ》も、全部《ぜんぶ》さがしたのに見つかりません。

じいじにてつだってもらって、新しい画用紙に、ばあばのお
顔をかいていきます。
「かわいくかいてね」とじいじ。
おぼえたてのひらがなで、メッセージ、「ばあばってどうか

くんだっけ？」

ばあば……なんか変《へん》だけど、だいじょうぶ。

「ご飯《はん》よ」ママの声がします。

今日は、みんなの大好《だいす》きな、焼《や》きそばです。

「おかわりしていい」「お皿《さら》がきれいになったらね」

妹のりんちゃんは、あっという間に「おかわり！」

りょう君《くん》も、まけていません。「おかわり！」

二人ともたくさん食べて大きくなあれ。

さて、お楽しみの時間です。

今日は、手作りケーキです。

ママがまるいスポンジを二つにわりました。りょう君《くん》とりんちゃんは一枚《まい》ずつ
生クリームをぬりますよ。

「ママ、見て見て見て、上手でしょ上手でしょ」

「りんのも見て見て、上手でしょ」

缶詰《かんづめ》のももとキウイをのせて、クリームでかくします。それを二枚《まい》えい！　とかさねます。

あれ、フルーツの面《めん》とクリームの面《めん》が反対《はんたい》かな？　でもだい

じょうぶ、クリームたっぷりくるりーんと、仕上《しあ》げはママにおまかせです。
イチゴをさいごにのせたら、はい！　出来上がり。
ローソクをたくさん立てて、火をつけるのは、じいじの当番です。

そのころ、ばあばはというと、おめかしおめかし、主役《しゅやく》のかんむりに、ひざ掛《か》けのガウンを、せんたくばさみでとめて、首には折《お》り紙《がみ》の大きな金メダルをさげて。さあ、目をとじてりんちゃんが手をつないで、主役《しゅやく》のせきへ、ごあんない。

二人とも、ケーキがまちどおしくてたまりません。
お部屋《へや》の電気を消《け》して、さあどうぞ。

「ハッピバースデートゥユー、ハッピバースデートゥユー、
ハッピバースデーディアばあば
ハッピバースデー　トゥーユー」
りょう君《くん》とりんちゃんもてつだって三人そろって、フーっと
ろうそくを消《け》して、「おめでとう」
さあ今度《こんど》は、いちごのとりあいです。
主役《しゅやく》のばあばには、いちごもチョコレートのプレートもあり

ません。

でも、とってもおいしい、ケーキ。

「りょう、あれは」ママが言うと、そうだ、わすれてた。

さっきしあげた、プレゼントをはいどうぞ。

「あれ？　それちがうんじゃない」「しー」とりょう君《くん》は、用《よう》意《い》してたプレゼントをはいと、ばあばにわたします。

なくしたなんて、ないしょ・ないしょ。


ばあばは、それを見て「まあ、かわいい、これ、ばあば？

こんなにかわいくかいてくれて、うれしーい！」と大よろこび。

数日後、「りょう、あれは」とママ。

りょう君《くん》が最初《さいしょ》に作ったプレゼントが、なぜかクッキー缶《かん》の中にあったのを、ママが発見《はっけん》したのです。

「なあに？」とばあばが聞くと

「本当は、これを前から用意《ようい》してたのよ」

ピンクの折《お》り紙《がみ》に包《つつ》んで、リボンをつけたあのプレゼント。

「そうだったの」プレゼントが二つになったね。

「ありがとう」

あとからの、プレゼントの方が、とってもかわいくかけたのは、じいじが見ていたからかしらね。

次《つぎ》は、だれのお誕生会《たんじょうかい》かしら。

まちどおしいね。

[著者紹介]
いとかわ まゆみ

今日《きょう》はなにして遊《あそ》ぶ？

2023年5月26日　第1刷発行

著　者　いとかわまゆみ

発行人　久保田貴幸

発行元　株式会社 幻冬舎メディアコンサルティング
〒151-0051　東京都渋谷区千駄ヶ谷4-9-7
電話　03-5411-6440（編集）

発売元　株式会社 幻冬舎
〒151-0051　東京都渋谷区千駄ヶ谷4-9-7
電話　03-5411-6222（営業）

印刷・製本　シナジーコミュニケーションズ株式会社
装　丁　鈴木みく

検印廃止

Printed in Japan
ISBN 978-4-344-94256-1　C0093
幻冬舎メディアコンサルティング HP
https://www.gentosha-mc.com/